O RIO ENCANTADO DA FLORESTA AMAZÔNICA

Catalogação na Fonte
Elaborado por: Josefina A. S. Guedes
Bibliotecária CRB 9/870

D541r
2023

Dias, Maxilane Martins
O rio encantado da Floresta Amazônica / Maxilane Martins Dias. - 1. ed. - Curitiba: Appris, 2023.
44 p. : il. color. ; 23 cm.

ISBN 978-65-250-3754-7

1. Literatura infantojuvenil. I. Título.

CDD – 028.5

O selo Artêrinha foi criado por Renata Miccelli em parceria com a Editora Appris.

Editora e Livraria Appris Ltda.
Av. Manoel Ribas, 2265 – Mercês
Curitiba/PR – CEP: 80810-002
Tel. (41) 3156 - 4731
www.editoraappris.com.br

Printed in Brazil
Impresso no Brasil

Maxilane Martins Dias

O RIO ENCANTADO DA FLORESTA AMAZÔNICA

FICHA TÉCNICA

EDITORIAL	Augusto V. de A. Coelho Sara C. de Andrade Coelho
COMITÊ EDITORIAL	Marli Caetano Renata Cristina Lopes Miccelli Andréa Barbosa Gouveia - UFPR Edmeire C. Pereira - UFPR Iraneide da Silva - UFC Jacques de Lima Ferreira - UP
SUPERVISOR DA PRODUÇÃO	Renata Cristina Lopes Miccelli
ASSESSORIA EDITORIAL	Débora Sauaf
REVISÃO	Isabel Tomaselli Borba José A. Ramos Junior
PRODUÇÃO EDITORIAL	Bruna Holmen
DIAGRAMAÇÃO	Jhonny Alves dos Reis
CAPA	João Vitor Oliveira dos Anjos
REVISÃO DE PROVA	Bianca Silva Semeguini

Aos meus filhos:
Pedro Henrik, Maria Eduarda (in memoriam),
Bruna Eduarda e Maria Rebeca.

APRESENTAÇÃO

O Rio Encantado da Floresta Amazônica é uma história que narra a surpreendente saga de três irmãos em busca de salvar o rio da poluição advinda dos garimpos, um mal devastador para o rio e tudo o que há nele.

Ao brincarem próximo às margens do Grande Rio, os irmãos Pedro, Maria Eduarda e Henrik são contatados com um inusitado pedido de ajuda de uma voz que vem do rio. Nele existe um palácio e seus moradores precisam urgentemente de ajuda, inclusive a princesinha do lugar.

Para ajudar, os irmãos se envolvem em uma excursão de resgate e campanhas de conscientização da população. Mas existe um dilema, o próprio pai das crianças é um dos poluidores do rio, exercendo a atividade de garimpagem. O que fazer? Como os amigos de *O Rio Encantado da Floresta Amazônica* podem ajudar?

Quando a situação parece quase resolvida, as coisas pioram. Até um Pirata aparece e sequestra as crianças. O que acontece depois disso?

Embarque nesta eletrizante aventura e descubra o desfecho singular desta história com excelentes reflexões.

PREFÁCIO

Um passeio por *O Rio Encantado da Floresta Amazônica*

Eis aqui a realidade sobre a poluição das nossas águas, transcrita de forma lúdica e apaixonante neste feito enredado por **Maxilane Martins Dias**, um dos autores infantojuvenis do Acre que mais prendem a atenção dos leitores com seus contos, seus encantos e suas lendas de temáticas humanitárias.

Esta obra fortalece as ações e demandas de atuação das organizações não governamentais existentes em prol da preservação do meio ambiente e da manutenção da biodiversidade dos mananciais, das nascentes, das margens dos rios, sejam no Acre, no Brasil ou no mundo.

Na construção, o autor envolve a normalidade da vida de três irmãos estudantes: Pedro, Maria Eduarda e Henrik. Eles empreenderam uma busca para salvar o Reino das Águas, habitado pela princesa Vitória e por sua família real, da maldade do Reino da Poluição, que é fruto da sujeira deixada pela ação predatória da atividade de garimpagem no Rio Encantado.

Este é um conto de fadas mesclado à realidade predatória do meio ambiente, com uma pitada de ação e de suspense, com vilões e mocinhos brigando por espaço na vida real e na oficina imaginária do autor.

Ao ler esta obra e viajar nas suas ilustrações, fica a reflexão sobre a necessidade de exercitar a nossa consciência ecológica, em prol da preservação do nosso planeta e da manutenção de seus recursos naturais, cada dia mais finitos.

Valdeci Duarte
Autor e produtor cultural do Acre

Um menino de nome Pedro mudou-se com a família para uma cidadezinha no interior da Amazônia. Foram morar num lindo sítio, com um belo pomar e o rio passando por detrás.

Lá, ele passava a maior parte do dia brincando com os irmãos, uma menina lindíssima chamada Maria Eduarda e um menininho, também muito bonito, de nome Henrik.

Certa tarde, quando brincavam no pomar, as crianças ouviram um chorinho que vinha das bandas do rio. De início elas ficaram temerosas, mas logo o medo passou e a curiosidade falou mais alto.

Os irmãos dirigiram-se até o rio, mas nada de estranho avistaram e o choro havia cessado.

No dia seguinte, ao brincarem no pomar, as crianças novamente ouviram o chorinho e correram para a margem do rio, mas nada mais ouviram.

No outro dia, mais uma vez, os irmãos ouviram o chorinho. Maria Eduarda e Henrik não quiseram mais saber de ir até o rio e continuaram brincando, porém, Pedro estava morrendo de curiosidade e se dirigiu para lá. Chegando à margem, nada mais ouviu, mas permaneceu observando as águas por alguns instantes.

De repente, a margem do rio afundou, abrindo um buraco. Uma escada feita de degraus de água em forma gelatinosa apareceu, conduzindo ao fundo do rio.

Pedro ficou assustado, pensou em correr, mas as pernas tremeram. Então, ouviu uma voz suave, quase melodiosa, que pediu:

— Por favor, espere! Desça a escada.

Hipnotizado pela voz, ele lhe obedeceu.

Ao tocar os degraus da escada, estes se cristalizavam, permitindo descer com facilidade. Uma luz iluminava a descida, saída das paredes, que também eram feitas de água cristalizada.

A descida tinha um formato de cone, alargando-se na borda. O menino desceu até a entrada do palácio, todo feito de água cristalina e brilhante, e uma linda jovem veio recebê-lo:

— Olá, Pedro, seja bem-vindo ao Palácio das Águas do Fundo do Rio. Sou a princesa Vitória.

O menino ficou acanhado e pensou:

"Princesa?... Palácio?"

A menina era muito gentil e demonstrou empatia:

— Não se preocupe. Nada de mal lhe acontecerá. Chamei-o aqui, porque preciso da sua ajuda.

O menino, menos inibido, inquiriu:

— Que tipo de ajuda? E como sabe o meu nome? Que lugar é esse mesmo?

Pacientemente, a princesa repetiu o nome estendendo a mão e convidando-o a entrar:

— Vejo que tem algumas perguntas inquietantes. Venha! Responderei a todas elas à medida que você for conhecendo a minha casa.

Pedro segurou a mão da princesa, que trajava vestes reais em tons dourados e uma linda coroa, combinando com os cachos dourados.

Havia dois guardas reais, dois botos, perfilados de cada lado da porta central do palácio. Empunhavam um escudo, uma grande lança e uma espada na cintura. Eles bateram botas, uma na outra, em saudação, e tocaram as lanças no solo com a saída da princesinha.

O palácio por dentro era muito maior do que por fora. Esse, sem dúvida, era o mais belo lugar que o menino havia estado. Nem no seu mais lindo sonho as coisas eram tão incríveis. Podia se ver logo de cara!

Como no palácio havia muitos cômodos, a princesa levou o menino para conhecer o Salão de Festas. Nele havia lustres de cristal de diversos formatos, com brilhos espetaculares.

A princesa comentou que ali antigamente eram realizados os grandes bailes do Reino das Águas, mas que, infelizmente, há muito tempo não tinham o que comemorar. Explicou que nas últimas décadas a poluição das águas cresceu em demasia e era contra ela que eles lutavam.

Em seguida, a linda menina levou Pedro para conhecer o Quarto de Brincar do palácio. Nele ficavam todos os brinquedos legais: unicórnios, cavalos-marinhos, corcéis, carrosséis, carrinhos, bonecos e bonecas, trens, bolas, estrelas, labirintos, helicópteros, aviões, camas elásticas, pula-pulas, casinhas. Tinha tudo o que se deseja para brincar. A vontade do menino era de ficar ali mesmo.

Antes que saíssem, meia dúzia de crianças que brincavam no quarto vieram curvar-se e prestar reverências à princesa.

— Vamos agora à Cozinha Real — convidou a jovem.

A cozinha era bem grande. As panelas eram de bronze para não derreterem ao fogo, que era alimentado por um incinerador que transformava a energia dos resíduos ali incinerados em fogo limpo para cozer os alimentos.

A prataria e os talheres eram de prata e ouro. Os copos e jarras, de cristais.

Seis cozinheiras se revezavam nos preparos da comida e para manter a limpeza do lugar, que era impecável.

Uma fornada de quitutes acabara de ficar pronta e foi servida para os dois com suco de laranja em uma grande mesa de madeira nobre trabalhada.

Pedro ficou contente. "O lanche viera em boa hora", pensou.

Ao agradecerem às cozinheiras, estas se inclinaram e prestaram reverência à princesa antes de saírem.

— Vamos agora à Sala do Trono — convidou a linda jovem de voz suave.

A Sala do Trono era o cômodo que mais brilhava naquele palácio dos sonhos. Jaspes, rubis, topázios e uma variedade de outras pedras preciosas decoravam e revestiam os móveis daquele lugar. Os tronos reais eram de ouro, cravejados de brilhantes e diamantes.

Pedro estava encantado com aquele palácio. Além de toda a beleza, havia tranquilidade, paz, um grande sossego, até demasiado.

O menino se apercebeu de que aquele trono estava sem um rei e uma rainha, sem os membros da corte e os súditos.

— Ué, cadê todo mundo?!

A princesa Vitória explicou que o pai dela buscava um acordo de paz com o outro reino. Que tudo parecia estar dando certo. E para selar o acordo de paz, ele fora com a corte a uma festa no Palácio da Poluição. Mas tudo não passara de uma farsa do outro reino, que aprisionara todos eles.

— E o exército do Rei não poderia libertá-lo? — indagou o menino.

— Só existe exército quando existem líderes, e todos estes foram feitos prisioneiros. Os poucos soldados que restaram estão com medo — respondeu a princesa.

— Então nada pode ser feito? — inquiriu o menino, ansioso.

— Algo pode ser feito, Pedro, e é por isso que eu o trouxe aqui — declarou.

— Eu?! Como poderei ajudar?! — indagou, ainda mais ansioso.

A princesa declarou que era delicado, mas precisava muito da ajuda dele. Que a vida dela e a sobrevivência do Reino das Águas dependiam da melhora da qualidade da água, e os níveis de poluição precisariam diminuir, senão eles poderiam morrer. O Reino da Poluição, então, venceria.

O menino ouvia atento:

— Preciso lhe pedir que convença seu pai a parar de garimpar às margens do rio. A poluição está nos matando.

— Meu Deus! Não tinha pensado nisso — declarou, espantando. — Me desculpe, princesa, meu pai não faz por mal, é o trabalho dele — concluiu.

— Mas está nos matando. Por favor, impeça-o — pediu, suplicando.

— Impedir?! Impedir como?! — falou, assustado.

A princesa falou que não tinha a resposta, por isso pedia a ajuda dele. Falou que se a poluição aumentasse o Reino da Poluição ficaria mais forte e o reino dela morreria, e pediu:

— Por favor, me ajude. Só assim poderei salvar meus pais.

Pedro sentiu-se envergonhado por seu pai fazer tanto mal ao rio e se comprometeu em tentar ajudar. A princesa Vitória agradeceu.

Após um abraço caloroso, o menino retornou à superfície pelo mesmo caminho que havia entrado.

Quando o menino retornou, os irmãos continuavam na mesma brincadeira e no mesmo lugar.

— Sentiram a minha falta?

— Não, viu alguma coisa? — declararam.

— Não sentiram?!

— Que cara é essa de bobo?! — indagou Maria Eduarda.

— Pelo tempo que estive ausente, pensei que vocês estariam à minha procura.

— Você esteve ausente por, no máximo, cinco minutos — declarou Henrik. —Vai contar se viu alguma coisa dessa vez? — inquiriu.

Pedro ficou reflexivo, "Então lá embaixo o tempo não passou?". E respondeu aos irmãos que sim com a cabeça e que tinha muito para contar.

Os irmãos ficaram atentos ao relato. No final, encantados, queriam ir ao rio, descer pela escada e ver a princesa.

Pedro prometeu que na próxima vez os irmãos iriam com ele, mas que o mais importante agora era que eles o ajudassem a convencer o pai a parar de garimpar.

No dia seguinte, bem cedo, antes de irem à escola e o pai sair para o trabalho, os irmãos disseram que tinham um pedido importante a fazer.

O pai era todo ouvidos:

— Digam, meus filhos.

— Pai, queremos pedir ao senhor que, por favor, não garimpe no rio — pediu Pedro, em nome de todos.

O pai disse que não podia prometer, mas iria pensar.

À noite, o pai das crianças conversava com a esposa sobre o pedido dos filhos:

— O que será que está acontecendo?

— Deve ser a tal da "consciência ecológica" que nossos filhos adquiriram.

— Consciência ecológica?! — repetia o pai.

— As crianças devem ter aprendido no colégio que a garimpagem é uma agressão ao rio e que, portanto, deve ser evitada — esclarecia a mãe.

— Estou num dilema.

— Que dilema?

— Desejo atender ao pedido de nossos filhos. Mas a vida toda eu fiz garimpagem. Se eu parar, do que vamos viver? É do garimpo que eu tiro o pouco dinheiro para nos sustentar. Não posso parar de garimpar!

— Sei disso — disse a esposa, abraçando o marido.

O pai pediu para a esposa conversar com os filhos. Tirar da cabeça deles essa ideia.

No outro dia, ao voltarem da escola, a mãe conversou com os filhos.

Explicou que era do garimpo que o pai deles tirava o pouco dinheiro para o sustento da família. Que ele trabalhava no garimpo porque precisava e só sabia fazer aquilo.

Mas as crianças disseram que era por causa da ganância humana que o homem destruía aquilo de que todos precisavam: o rio e a floresta.

A mãe explicou para os filhos que o pai deles não era egoísta. Porém, todos disseram que ele estava sendo.

Depois disso, as crianças esperaram. Viram que o pai não ia parar de garimpar. A poluição do rio iria aumentar, e a linda princesa e o Reino das Águas estavam condenados, pois eles haviam falhado.

Certa noite, eles foram dormir mais tarde e, dentro da pequena casa de apenas dois quartos de dormir, ouviram os pais conversarem. O pai chegou a mencionar que se fosse rico ou tivesse outra profissão não precisaria trabalhar no garimpo.

As crianças decidiram conversar com a princesa do palácio no fundo do rio.

Logo no dia seguinte, à tarde, foram ao rio.

Pedro gritou:

— Princesa do Palácio das Águas!

Pouco depois, a escada apareceu à margem do rio e os irmãos desceram por ela.

Maria Eduarda e Henrik ficaram maravilhados com tudo o que viam.

Após as apresentações de praxe, o menino falava sobre estar ali com os irmãos. Eles não haviam conseguido convencer o pai a deixar de garimpar! Era o trabalho dele e eles não teriam como se manter sem ele.

A princesa Vitória mencionou que entendia, mas lamentou que o Reino da Poluição se tornasse a cada dia mais forte, e que seu pai e toda a corte estavam definhando e não resistiriam por muito tempo, dentro de mais alguns dias estariam mortos. A princesa chorou.

Maria Eduarda, que era uma menina corajosa, falou:

— Se pelo menos houvesse uma forma de nós entrarmos no Palácio da Poluição e libertarmos o Rei.

Enxugando as lágrimas, a princesinha falou:

— Existe uma forma, mas é muito perigosa. Todos vocês poderão ser capturados.

Henrik, encorajado pelo choro da linda menina, falou:

— Não se estivermos bem camuflados.

Pedro gritou:

— Já sei qual é o disfarce que deveremos usar! Mas, antes de revelar, diga-nos, princesa, o caminho para o palácio do inimigo.

— Querem mesmo saber?

— Queremos! — responderam em uníssono.

Ao olhá-los, a princesa Vitória contou que a uns três quilômetros de onde eles estavam, descendo o rio, próximo a uma antiga ponte de madeira — um lugar por onde ninguém mais passava —, era onde eles deveriam entrar no rio. Logo sob as águas, eles veriam o Palácio da Poluição.

A princesa explicou que ali eles conseguiam respirar embaixo d'água porque eles mantinham uma oxigenação elevada da água, com milhares de bolhas, mas que na parte do rio que iriam, a poluição tornara a água turva e densa, e eles precisariam engolir a cápsula que ela estava entregando a eles antes de entrarem no rio, para que assim pudessem respirar.

Despediram-se.

À noite, no quarto, os três planejaram a incursão no rio. Cada qual pegou o material de que precisaria e pôs na mochila escolar.

Dormiram apreensivos. Bem cedo acordaram para o asseio e o desjejum matinais.

Despediram-se da mãe e saíram normalmente como se fossem à escola. Logo à frente, fora da vista dela, desviaram o caminho em direção ao rio. Ao passarem no pomar, preveniram-se colhendo algumas frutas que puseram nas mochilas. Seguiram caminho descendo o curso do rio pela sua margem esquerda.

A vegetação não era fechada, o que facilitava a caminhada. Viram garças pescando. Elas eram aves elegantes. "Belas noivas à espera de seus noivos", pensaram.

Pouco mais à frente, assustaram-se com alguns jacarés que tomavam sol. Os bichos ainda estavam entorpecidos, por isso, nem ligaram para as crianças passando ali próximo.

Havia uma variedade de pássaros que voavam por ali: martins-pescadores, andorinhas e outros que tiravam sua comida do rio.

A destruição da flora da margem era visível em muitos trechos, principalmente no outro lado. A água do rio também estava mais turva que o normal, devido aos esgotos das cidades às margens, à destruição predatória com derrubadas de árvores e ao garimpo, sem nenhum respeito à vida do rio e da floresta.

Com pouco mais de uma hora de caminhada, os três chegaram à velha ponte que marcava a localização do Palácio da Poluição. Ela estava coberta de musgos e trepadeiras, com a varanda e o piso quebrados em vários pontos, não inspirando confiança.

Os irmãos recobraram as forças bebendo água das garrafinhas em suas mochilas e comendo as frutas colhidas no pomar. Tiraram das mochilas pequenos macacões de mergulho com vários remendos feitos de propósito na noite anterior por Maria Eduarda — aquilo dava a aparência de lixo —, a camuflagem que Pedro havia mencionado.

As crianças guardaram os uniformes nas mochilas e vestiram os macacões de mergulho. Então ingeriram as cápsulas que lhes permitiam respirar embaixo d'água.

Elas se dirigiram ao barranco do rio, observaram que as águas estavam mais poluídas ali. Ao entrarem nas águas, assustaram-se de início, mas perceberam que conseguiam respirar, apesar da poluição.

Logo, sob as águas, avistaram um palácio todo feito de lixo. Havia uma infinidade de garrafas plásticas e de vidros fazendo parte da estrutura das paredes da construção, as janelas lembravam os pneumáticos descartados, muitas vezes, nos rios.

Os irmãos entraram no palácio por uma porta lateral — a porta de emergência que permanecia constantemente aberta. Um enorme sapo trajado de roupa de guarda medieval ressonava alto no corredor central. Não havia outros guardas à vista.

Havia vários outros corredores, imundos, estruturados com material que lembrava o lixo jogado nos rios e mares.

O palácio estava praticamente vazio, com pouquíssimas e sonolentas sentinelas. Onde estariam os outros?

Os irmãos escolheram o corredor mais sombrio. Dito e feito! À entrada estava o aviso: "Calabouço! Prepare-se para o pior!". Eles sentiram um frio vindo de dentro para foram, mas entraram.

Havia várias celas, todas ocupadas. Procuraram por sua majestade, mencionando:

— A princesa nos enviou. Viemos libertá-los!

As crianças tiraram dos bolsos clipes de papel e improvisaram chaves, abrindo os cadeados de todas as celas.

Os prisioneiros, que estavam todos muito fracos, mas revigorados pela possibilidade de fuga, puseram-se em ação, auxiliando uns aos outros — a união fazia a força.

Os irmãos tomaram o mesmo caminho que haviam entrado. Em silêncio, deixaram o palácio do lixo sem serem vistos. Contudo, se depararam com parte da expedição do Palácio da Poluição que retornava. O confronto foi inevitável!

Houve mortes de ambos os lados, mas os pais da princesa Vitória, os irmãos e boa parte dos súditos da corte conseguiram fugir, fortalecidos pelo desejo de liberdade.

Liderado pelo Rei, o grupo chegou ao Palácio das Águas em pouco tempo, pois ele conhecia todos os atalhos do rio.

A princesa Vitória abraçava os pais e depois os três irmãos feliz e agradecida.

O tempo, dessa vez, corria normal.

Quando os três irmãos chegaram em casa, encontraram os pais aflitos, até mesmo a polícia local já havia sido chamada.

Após abraçar e beijar os filhos e verem que estavam bem, os pais inquiriram sobre onde eles estavam e sobre o que havia acontecido.

Pedro, sentindo-se responsável, respondeu que haviam ido excursionar o rio.

Os pais advertiram-nos para que nunca mais fizessem aquilo e deixaram-nos de castigo no quarto, mesmo diante do pedido de desculpas e de prometerem se comportar.

Os irmãos pediram para assistir à televisão, mas o pai os proibiu.

Olharam para a mãe, porém ela concordou com o pai.

O castigo maior dos irmãos veio no dia seguinte. Amanheceram se queimando em febre e com muita diarreia devido ao contato com a água suja do rio. O médico da comunidade foi chamado e eles tiveram que tomar remédio, outro castigo. Por duas semanas não puderam sair, nem à escola foram.

Quando sararam, a mãe os acompanhou até a escola. E quando saíram, lá estava ela esperando por eles.

Em casa, os irmãos lamentaram não poder sair, pois haviam perdido a confiança dos pais. Estavam morrendo de curiosidade sobre o que acontecia no fundo do rio.

No final da tarde, a mãe bateu à porta do quarto das crianças e entrou.

— Pedro, você conhece alguém chamada Vitória?

— Por que, mãe?

— É que essa jovem esteve aqui, agora a pouco, perguntando por você e seus irmãos, e me pedindo que lhe entregasse este envelope.

— Aqui? Quando? — disse, como sem saber o que dizer.

Maria Eduarda interveio, esperta:

— Conhecemos sim, mãe. É nossa amiga nova da vizinhança. — E recebeu a carta da mãe.

Quando a mãe saiu, disse:

— Seu bobo! Quase estraga tudo.

— Desculpem! — disse o menino, abrindo as mãos espalmadas em direção aos irmãos.

Maria Eduarda correu até a mesinha de estudar, pegou uma tesoura e abriu o envelope. Tirou um papel de carta sem nada escrito, a não ser a palavra "emieuq". De início acharam que fosse outra língua.

Não era. Algo importante estava escrito ali. A princesa Vitória não iria à casa deles à toa. Precisavam descobrir como ler.

Maria Eduarda lembrou-se da comunicação que fazia com os irmãos na escola. Para que ninguém lesse o que escreviam, fazia tudo ao contrário. Era isso! "emieuq" era "queime" ao contrário. Foi à mesinha de estudar e procurou por fósforo na gaveta. Havia uma caixa com um último palito — a mãe recomendava para que não brincassem com fogo, mas haviam brincado escondido.

Olá,

Lamentamos o castigo. Precisamos de vocês. Venham rápido! Caso de ameaça de morte.

Palácio das Águas,

O Rei

Todos ficaram muito preocupados, mas, como se comprometeram em não desaparecer, combinaram a inda ao Palácio das Águas somente à tarde do dia seguinte.

Após o almoço e um breve descanso, livres do castigo, as crianças foram brincar no pomar e de lá se dirigiram à margem do rio.

Nem foi preciso chamar. Eles eram esperados. A passagem do rio com escada se abriu e eles a adentraram.

A linda princesa Vitória os recebeu com alegria. Eles também ficaram alegres em vê-la.

— Bem-vindos, queridos amigos, eu estava com saudades! — disse, e abraçou a cada um dos irmãos.

— Nós também — disseram enquanto abraçavam a princesa.

— Venham! Meu pai deseja falar-lhes algo.

E todos se dirigiram à Sala do Trono.

Os três curvaram-se.

O Rei falou:

— Venham, amigos, aproximem-se. Deixemos as formalidades de lado — pediu. Acrescentando após pequena pausa: — Caros amigos, havíamos pedido para que viessem para nos despedirmos.

O nível de poluição aumentou muito. O mercúrio lançado nas águas pelos garimpos e os esgotos das cidades estão matando o rio. Nós não temos mais como resistir a tanta poluição. Temos que fugir, senão morreremos. Muitos de nós adoecemos. – E finalizou: – Somos muito gratos a sua valorosa ajuda. Obrigado!

Os irmãos lamentaram não poder ajudar mais e pediram desculpas pelo pai ser um dos responsáveis pela poluição.

O Rei disse que não precisavam se desculpar, que a responsabilidade não era só do pai deles, mas de autoridades omissas e gananciosas. Alertou aos irmãos para que não repetissem os mesmos erros quando adultos.

A Rainha, muito amável, ouvia toda a conversa e lembrou ao Rei:

– Por favor, entregue-lhes os nossos presentinhos.

O Rei fez um sinal para um serviçal da corte, que entregou a cada irmão uma moeda cunhada em ouro.

As crianças abriram a boca e grelaram os olhos diante do brilho. Guardaram as moedas nos bolsos e despediram-se, emocionados.

– Vamos sentir muitas saudades de vocês e deste lugar – disseram.

– Nós também sentiremos saudades de vocês – falou a Rainha, que se levantou do trono para abraçá-los, seguida do Rei.

– Adeus, amigos! – disse a princesa abraçando os irmãos. – Obrigada por salvarem meus pais.

Alguns membros da corte que se mantinham por ali estavam mudos e muito tristes.

Na saída, os irmãos perceberam que o palácio não tinha o mesmo brilho de antes, devido ao efeito da poluição.

Ao retornarem à superfície, os irmãos não tinham ânimo para as brincadeiras. O Palácio das Águas estava sumindo, assim como seus amigos.

À noite, os três irmãos olhavam admirados e orgulhosos aquelas lindas moedas cintilantes.

No jantar, o pai, eufórico, contava à mãe sobre o dinheiro que estava ganhando com o novo garimpo. Contudo, as crianças viam apenas a poluição do rio. Foi então que Henrik indagou:

– Pai, já que o senhor tá ganhando esse dinheirão todo, quando vai parar de minerar?

O pai, de ímpeto quebrado, respondeu sem a mínima fé:

– Espero que logo, filho.

Maria Eduarda, cheia de coragem, declarou:

– O senhor tá matando o rio, pai. Por favor, pare!

A mãe interpelou:

– Não fale assim com seu pai! Peça desculpa!

A menina se desculpou, mas ninguém mais falou durante o jantar.

Vários dias se passaram sem notícia alguma dos amigos do rio.

Brincar no pomar já não era tão divertido quanto antes.

As crianças passavam as tardes observando as águas. Nem sinal dos amigos!

Mesmo assim, não desistiram de tentar salvar o rio.

Na escola, como projeto de Ciências e Ecologia para aquele semestre, os irmãos deram como sugestão trabalhar a preservação do rio que cortava a cidade.

Os professores e a direção abraçaram a ideia, e, numa reunião com a comunidade escolar, o projeto foi apresentado e aprovado. Toda a escola desenvolveria o projeto com ações de conscientização na comunidade adjacente, tendo como culminância uma passeata pelo bairro.

A campanha educativa feita no bairro e adjacências durante dois meses provocara algumas reações: havia os contrários aos garimpos e os que os apoiavam.

Muitos comentavam: "Aquele era um trabalho honesto como qualquer outro"; "Aquele era o único meio de vida de muita gente". Enquanto outros diziam: "Viver matando vidas não justifica"; "A preservação do rio interessa a todos, já a sua morte interessa apenas a alguns gananciosos".

As opiniões estavam divididas. O assunto gerou tanta polêmica que era comentado e discutido nas rodas de conversa por toda a cidade.

A conscientização da comunidade escolar, por meio das visitas às casas e da distribuição de folders, trouxe alguns resultados. As famílias discutiam o cuidado com o rio. Esposa lembrava ao marido: "Olha lá, Chico, vê se não joga lixo no rio". Filho lembrava ao pai: "Pai, não suja a casa dos peixinhos". Alguns filhos chegaram a pedir: "Pai, não garimpa mais no rio".

A passeata foi organizada para o sábado pela manhã, assim, muitos pais e vizinhos puderam participar.

Havia muitas faixas e cartazes pela preservação do rio e da floresta. Alguns diziam: "Diga não à poluição"; "Abaixo a destruição dos rios"; "Fim aos garimpos"; "Viva a floresta"; "Viva o rio". E muitas outras frases de efeito.

Muitos pais acompanhavam a passeata. Em certo trecho, ao olhar para as calçadas, os irmãos depararam-se com o olhar furtivo do pai. As crianças mantiveram o olhar, mas o pai, envergonhado, baixou a cabeça e saiu.

Aquele não foi o único pai a ficar envergonhado naquele dia. Muitos outros estiveram lá, mas não tiveram a coragem de encarar seus filhos.

Por algum tempo a destruição do rio diminuiu. Muitos pais deixaram de garimpar.

Contudo, com o passar do tempo, a vida voltou à normalidade. As esposas não lembravam mais aos maridos e os filhos não lembravam aos pais, e o lixo voltou a ser jogado no rio.

As famílias precisavam continuar a comer, a vestir, entre outras necessidades. Sendo assim, os chefes de famílias retornaram aos garimpos, que voltaram a funcionar com toda sua força destrutiva.

Pouco a pouco, a poluição e a destruição da floresta deixaram de ser assunto nas rodas de conversa da cidade.

A alegria de Pedro, Maria Eduarda e Henrik durou pouco. A poluição da água voltava a crescer, em níveis ainda maiores.

A esperança das crianças em rever os amigos do rio ficara outra vez distante. Mas não se deram por vencidas!

Na escola, um novo semestre letivo iniciava e com ele um novo projeto, assim, o assunto da poluição do rio minguara até desaparecer.

O projeto daquele segundo semestre foi ideia dos professores de Matemática da escola, que desejavam trabalhar o conteúdo a partir da formação de uma coleção.

Apareceram vários tipos de coleções: de figurinhas era uma das mais comuns; de selos; de medalhas; de troféus; de miniaturas de carros, esta fazia muito sucesso; de bonecas; de bonecos; de bolas de gude de diferentes países. Ainda, havia coleções de tampinhas de refrigerante de diferentes lugares do mundo; de canetas; de rótulos; e muitas outras.

Os irmãos ficaram preocupados. Eles não tinham nenhuma coleção. E fazer de última hora seria muita improvisação, mas do que poderia ser? Apesar do número limitado, pensaram nas moedas antigas. Assim, a coleção dos irmãos era a menor entre todas as coleções da escola, mas uma das que mais chamou a atenção. Inclusive dos professores.

Quando o professor examinou a coleção, verificou que eram cunhadas a ouro.

Os irmãos disseram, inocentes:

— São de puro ouro.

— Puro ouro?! — repetiram os alunos da turma.

E todos queriam tocar nas moedas.

O professor, intrigado, pediu uma das moedas aos irmãos para levar a um amigo colecionador de moedas raras. Fez isso discretamente.

Os irmãos concordaram. Não havia motivos para desconfiar do professor. Ele também era amigo do pai das crianças.

No outro dia, na aula de Português, um assistente escolar veio à sala buscar os irmãos. Eles estavam sendo aguardados na sala da diretoria.

Ao chegarem à sala, os irmãos se depararam com o professor na companhia do diretor.

— O que tá acontecendo? — indagou Pedro.

— Nada que vocês devam temer — tranquilizou o professor.

O diretor perguntou:

— Onde vocês conseguiram esta moeda, crianças? — Segurava a moeda à frente do peito, refestelado na cadeira de diretor.

— Nós ganhamos — respondeu Maria Eduarda.

— De quem? — perguntou o diretor.

— Um amigo nos deu, por quê? — interveio Henrik.

O professor, então, explicou:

— Por nada, Henrik. Mas ontem, ao pegar a moeda com você e levar ao meu amigo colecionador, ele a avaliou.

— E o que tem isso? — indagou Pedro.

O professor continuou:

— Segundo esse meu amigo, a moeda data do século 14 ao 16 e vale uma fortuna.

— Uau! — disseram as crianças.

O professor continuou, mais uma vez:

— Se as outras duas moedas forem iguais a essa — disse, apontando para a moeda na mão do diretor —, e eu acredito que sejam, a coleção vale três fortunas.

Os irmãos voltaram a ficar admirados.

— Vocês precisam tomar cuidado, têm uma verdadeira fortuna em mãos. Os pais de vocês já sabem da existência das moedas? — finalizou o professor.

— Ainda não, faz pouco tempo que ganhamos — declarou Pedro.

— Vamos já consertar isso, eles estão vindo, eu mandei chamá-los — falou o diretor.

Quando os pais das crianças chegaram, elas ficaram contentes. Os pais ficaram surpresos com a posse das moedas. O pai, ao saber do valor das moedas, teve um ataque de tosse que quase não parava mais. A mãe precisou tomar água com açúcar para curar uma queda de pressão.

Os pais ficaram conhecendo toda a história.

Refeitos do susto, pais e filhos foram para casa, fazendo mil planos para aquele dinheiro.

— Agora o senhor pode realizar um sonho nosso, pai? — quis saber Henrik.

— Que sonho?

— Abandonar o garimpo — disse Pedro.

— Ah, esse sonho. É possível.

As crianças riram e todos se abraçaram.

Numa sala adjacente à sala da diretoria, um medíocre e inescrupuloso funcionário ouviu toda a história, ligando, em seguida, para um sujeito tosco, dono de garimpo, totalmente sem coração e com alma de pirata – um pirata. Do outro lado da linha se ouvia uma voz horrível, esganiçada.

– Oi, primo!

– ...

– Esse. Conheço sim.

– ...

– Poder deixar comigo...

– ...

– Vai ser fácil. Como tirar doce da boca de crianças. – deu uma sonora gargalhada.

– ...

– Pode deixar, primo. Não esqueço você.

– ...

– Um abraço do Pirata!

Em uma tarde, mesmo sem nenhum sinal dos amigos do rio, os irmãos resolveram brincar no pomar. Dele avistaram, por entre as árvores, uma silhueta vinda das bandas do rio. Imaginando que os amigos haviam retornado, correram para lá. Um barco estava ancorado, um barco grande e sujo. Era o Pirata!

As crianças foram surpreendidas por três brutamontes, que, saindo das margens do rio, as agarraram e levaram a bordo do barco.

O final da tarde chegou e com ele, a noite. Quando o pai das crianças chegou, a mãe já estava aflita com o sumiço dos filhos. Havia ligado na casa de todos os amigos deles e nenhuma notícia. O pai resolveu ligar para a polícia, mas antes que fizesse isso, bateram à porta.

A mãe olhou através do olho mágico e assustou-se com a cara horrível que viu – chegou mesmo a gritar de susto.

Quando o pai abriu a porta o feioso já havia sumido, mas, espetado com um punhal à porta, estava um cartaz feito com recorte de jornais.

O recorte dizia:

SEUS FILHOS ESTÃO CONOSCO.

SE QUISER VÊ-LOS NOVAMENTE, TRAGA AS MOEDAS À VELHA PONTE DO RIO. VENHA SOZINHO!

Embaixo da mensagem havia o desenho de uma caveira com ossos cruzados.

O casal ficou aflito! O pai pegou no telefone para ligar para a polícia, mas a mãe não deixou, temendo o pior. O pai, então, ligou para um amigo policial.

Quando agarrados, os irmãos foram abraçados com tanta força que desmaiaram. Acordaram trancados em uma cabine escura do barco.

— Onde estamos?! O que querem conosco?! — indagou Maria Eduarda, assustada.

— Certamente as nossas moedas — respondeu Pedro, convicto.

— E agora, o que faremos? — indagou Henrik.

— Esperar. É o que podemos fazer... Esperar... Só esperar — respondeu Pedro.

Maria Eduarda quis chorar, mas foi consolada pelos irmãos.

— Em que ponto do rio será que estamos? — indagou Henrik.

— Acho que bem longe de onde estávamos — mencionou Pedro.

Aquela foi a noite mais longa e desconfortável da vida dos irmãos. A sensação de desconforto era mil vezes pior do que ficar de castigo em seu quarto.

Por três dias consecutivos o pai dos irmãos foi à velha ponte do rio, mas os sequestradores não apareceram. Pareciam saber que, com a ajuda do amigo policial, uma emboscada havia sido planejada.

Na terceira noite no barco, quando se preparavam para dormir, os irmãos ouviram um grande barulho. O barco chacoalhava dentro d'água, parecendo que ia virar. Ouviram gritos: "Fujam! Fujam! Vamos morrer!" Após uns cinco minutos de solavancos e gritos de desespero, fez-se um silêncio assustador, tétrico. Os irmãos estavam assustados, abraçados uns nos outros. Ficaram mais assustados ainda quando a porta da cabine foi aberta.

Que surpresa!

Eram os guardas do Palácio das Águas, seguidos do Rei e da princesa Vitória. Os irmãos não acreditavam no que viam de tão felizes.

— São vocês?! — indagaram.

— Somos nós sim, não se preocupem! — exclamou o Rei.

Foram só alegrias e abraços.

O Rei explicou que eles estavam ali em retribuição à ajuda anterior e também porque se sentiam responsáveis pelo que estava acontecendo, uma vez que foram eles que haviam dado as moedas aos irmãos.

Todos se abraçaram.

O barco foi conduzido até a parte do rio no fundo do pomar.

Os pais das crianças e o amigo policial cochilavam na sala à espera de notícias.

Acordaram ouvindo gritos distantes: "Pai! Mãe!" Os três foram recebidos com espanto e muita felicidade. Abraçaram-se longa e ternamente.

Os irmãos falaram quem os havia sequestrado e disseram que escaparam graças à ajuda de amigos do rio.

Quando os pais perguntaram que amigos eram esses, disseram se tratar dos mesmos amigos que haviam lhes dado as moedas.

Pelas indicações das crianças, a polícia conseguiu pegar todos os sequestradores. Eles haviam pulado do barco e nadado para a margem. Estavam aterrorizados! Pronunciavam palavras ininteligíveis.

Pela manhã, o barco foi rebocado.

A polícia pressionou o Pirata e ele entregou o primo como autor intelectual do sequestro.

Com o tempo e a ajuda do professor, o pai das crianças vendeu as moedas para colecionadores. Valiam mesmo uma fortuna.

Elas eram, provavelmente, de um galeão espanhol do século 14, que afundara na costa brasileira, mas como as moedas haviam chegado ao rio permanecia um mistério.

Atendendo ao pedido dos filhos, o pai deixou de garimpar e de poluir o rio. Com o incentivo das crianças e a ajuda de amigos, fundou uma organização não governamental (ONG), de nome "Rio Encantado da Floresta Amazônica" – ideia dos filhos.

Com uma atuação educativa massiva, algumas parcerias com a Cooperativa de Pescadores e a Cooperativa de Produtores Ribeirinhos, com o apoio de igrejas e associações de moradores, entre outras organizações, a ONG Rio Encantado da Floresta Amazônica conseguiu fechar muitos garimpos e conscientizar bastante gente sobre a necessidade de preservação dos rios.

Atualmente, a ONG luta para que as cidades da Amazônia adotem um sistema de tratamento dos esgotos antes de jogá-los nos rios.

Os irmãos Pedro, Maria Eduarda e Henrik continuam estudando e aprendendo muito para, no futuro, conduzirem a ONG na luta pela preservação das águas em qualquer parte da Amazônia e do mundo.

Enquanto isso, as brincadeiras no Palácio das Águas no fundo do rio correm soltas.

Maxilane Martins Dias tem especialização em Literatura Infantil, Gestão Escolar, Coordenação Pedagógica e graduação em Pedagogia pela Universidade Federal do Acre (Ufac). Entre outras produções literárias, é autor de cinco livros de literatura, quatro deles infantis: Horácio: o Burrinho Aventureiro, pela Chiado Editora (2018); Cachinhos de Uva e os Três Ursos e A Menina Que Roubava, pela Kazuá Editora (2018); e O Galo Que Queria Ser Rei, também pela Kazuá Editora (2020); e um infantojuvenil com doze contos: Princesas Também Fazem Xixi na Cama e Outras Histórias Encantadoras, pela Filos Editora (2021). É pai de Pedro Henrik, Maria Eduarda (*in memoriam*), Bruna Eduarda e de Maria Rebeca, que são fonte constante de inspiração.